# 슈테판 슬루페츠키
## Stefan Slupetzky

1962년 오스트리아 빈에서 태어나 민속학과 신문방송학을 공부하다 곧 예술로 방향을 돌려 1981부터 1990년까지 빈 조형예술 아카데미에 다녔다. 미술을 공부하며 교사양성 과정을 밟는 동안에는 재즈 음악에 심취하기도 했다. 그 밖에 '넘치는 생각 활용 모임'을 만들고 '기발한 발명 그룹'을 이끌었다. '휴대용 횡단보도'는 그의 대표적 발명품이다. 만화, 캐리커처, 동화 일러스트 등에서도 빼어난 자질을 보이고 있지만, 그의 재능이 가장 빛나는 분야는 역시 나이를 가리지 않고 읽을 수 있는 동화다. "책을 펼치면 여행이 시작됩니다. 그래서 책이란 마법의 물건"이라고 그가 말할 때, 우리가 그 말을 되돌려주면서 가리키고 싶은 것은 바로 그가 쓰고 그린 책들이다. 분명, 슈테판 슬루페츠키의 책은 상상력이 얼마나 깊이 우리의 삶을 위로하고 고양시킬 수 있는지 보여주는 정말 드문 예다. 『노박 씨 이야기』 『양 한 마리 양 두 마리』 『바이올린 켜는 고양이』 『오 베르타! 이 책에서 사라져』(오스트리아 아동문학상 명예 리스트) 등의 작품이 있다. 이들 작품의 삽화는 모두 직접 그렸다. 빈에 살고 있다.

불행한 사내에게 찾아온 행운

**Pechleins Glück**
by Stefan Slupetzky

Copyright © Middelhauve Verlags GmbH, München 1999
Korean Translation Copyright © MUNHAKDONGNE Publishing Co., Ltd., Seoul 2002
All rights reserved.

This Korean edition was published by arrangement with
Middelhauve Verlags GmbH through Access Korea Agency.

이 책의 한국어판 저작권은 Access Korea Agency를 통해
Middelhauve Verlags GmbH와 독점 계약한 (주)문학동네에 있습니다.
저작권법에 의해 한국 내에서 보호를 받는 저작물이므로
무단 전재 및 무단 복제를 금합니다.


이 도서의 국립중앙도서관 출판시도서목록(CIP)은
e-CIP 홈페이지(http://www.nl.go.kr/cip.php)에서 이용하실 수 있습니다.
(CIP제어번호: CIP2004001700)

Pechleins Glück

# 불행한 사내에게
# 찾아온 행운

슈테판 슬루페츠키 지음 · 조원규 옮김

문학동네

| 차례 |

# 빈(Wien)식 로맨스

리찌는 부족한 게 거의 없었다. 딱 하나 살 집이 아쉽긴 했지만 말이다. 하지만 리찌에게는 찰리라는 애인이 있었고, 그에게는 남는 집이 한 채 있었다. 찰리는 방 하나를 세줄 수 있다고 했지만, 리찌는 이렇게 말했다.

"있잖아, 자기. 난 집을 혼자 쓰는 게 좋아. 거기에는 특별한 이유가 있다구. 언제나 자기가 곁에 있는 것처럼 느껴질 테니까. 내 말은, 집을 혼자 쓸 경우에 말이지······"

찰리는 그게 무슨 말인지 이해하지 못했지만, 어쨌든 리찌는 테라스가 딸린 멋진 펜트하우스를 선물로 받았다. 리찌가 부족한 게 없는 정도라면, 찰리에겐 필요 이상으로 모든 게 넘쳐났다. 찰리는 유명한 축구선수였고, 돈 관리에 능한 매니저를 두고 있었다. 하지만 찰리는 별로 똑똑한 편은 아니었고, 충동적인 편이었다. 한번은 리찌에게 이틀 동안 전화 연락도 안 되고 방문마저 잠겨 있자 정신 나간 사람처럼 마구 날뛰었다. 다행히 리찌의 피아트는 차고에 얌전히 놓여 있었다. 그는 그 자리에서 차 바퀴 네 개를 모두 펑크내버렸다.

리찌는 충격이 큰 것 같았다.

"아아, 사랑스런 내 꼬마 자동차를 당신이 망가뜨렸어."

그녀가 흐느껴 울자, 찰리는 더이상 화를 낼 수 없었다. 갑자기 미안한 생각이 들었던 것이다. 그리고 얼마 후 리찌의 차고엔 번쩍거리는 빨간색 페라리가 서 있었다. 화해의 표시였다. 알고 보면 찰리도 참 좋은 친구야!

리찌는 찰리를 용서하기로 했다.

"아, 찰리, 내 사랑……"

그녀는 어쩔 수 없다는 듯 한숨을 내쉬며 그의 귓가에 다정하게 속삭였다. 찰리의 마음은 녹아내리는 것만 같았다.

그리고 다시 일 주일 뒤.

이번엔 텔레비전이 나뒹굴었다. 침대 머리맡에 놓아둔 편

지 때문이었다. 재빨리 치우는 척했지만 찰리는 그 순간을 놓치지 않았다. 궁금함을 참지 못한 찰리는 곧장 편지를 열어보았다.

"이건 도저히 참을 수 없어!"

리찌는 고함을 지르며 화장실에 들어가 문을 잠가버렸다.

찰리는 끔찍한 상상에 몸을 떨었다. 혹시 리찌가 팔목을 그으면 어떡하지? 하지만 그녀는 아무 일도 저지르지 않았고, 다음날 찰리는 초대형 고화질 비디오 텔레비전으로 용서를 구했다. 리찌가 다시 다정한 말을 속삭이자, 찰리는 날아갈 듯 기뻐했다.

그렇게 시간이 흘러, 리찌의 펜트하우스는 옥상 정원에 테라스는 물론, 없는 것이 없는 호화 궁전으로 변해갔다. 평범한 소파는 마사지 기능을 갖춘 안락의자로, 욕조는 수영장으로, 전등도 솔라리움 조명장치로 바뀌었다. 찰리는 사준 물건을 또 부수지는 못했다. 모든 게 리찌의 뜻대로였다. 육십 개들이 접시세트만 해도 그랬다. 어느 날 쇼핑을 하던 리찌는 접시세트를 보자마자 홀딱 빠지고 말았다. 마침 며칠 뒤 찰리가 또다시 미쳐 날뛰는 일이 벌어졌다. 그녀는 재빨리 부엌으로 달려가 낡은 그릇장 뒤에 숨으며 외쳤다.

"안 돼요, 엄마가 주신 이 접시들만은 절대로 안 돼!"

그리고 그녀는 원하던 대로 최고급 자기 세트를 가질 수 있게 되었다. 그것도 멋진 마호가니 그릇장까지 함께.

둘의 관계는 언제까지나 그렇게 지속될 수도 있었으리라. 두 사람은 서로를 존중했고, 또 그네들 방식대로 서로를 완벽하게 이해했다. 그런데 전혀 예상치 못한 일이 일어났다. 찰리가 두 주일 동안이나 잠잠히 지내는 게 아닌가. 이번엔 리찌 쪽에서 가만히 있을 수가 없었다. 그녀는 생각했다. 어쩌다 이렇게 된 거지? 찰리가 내게 이렇게 소홀할 수 있는 거야? 루찌와 토미도 꼭 이렇잖아. 루찌는 요즘 늘 헤어질 때가 된 모양이라고 그러는데……

리찌는 퍼뜩 좋은 수가 떠올랐다.

'그래, 피카소의 수염이야!'

며칠 전 텔레비전에서 뉴욕의 경매 소식을 전해주었다. 리찌는 늘 보던 〈부유하고 아름답게〉 쪽으로 채널을 돌릴 수가 없었다. 매니큐어가 다 마르지 않았던 것이다. 하는 수 없이 경매 소식을 보고 있던 리찌는 그림들의 값을 듣는 순간 불현 듯 예술에 대한 흥미가 솟구쳤다. 눈이 동그래진 리찌는 메모지에 큰 글씨로 '피카소'라고 적어두었다.

리찌는 잊고 있던 그 메모지를 찾아내 이름을 확인했다. 그리곤 서점으로 달려가 피카소 화집을 찾았다. 그림들은 별게 아니었다. 누구라도 쉽게 그릴 수 있을 것 같았다. 괴상하게 생긴 여자들이 벌거벗고 누워 있는 그림이라니. 리찌는 세 번만에 그림을 똑같이 베껴 그렸다. 그리고 멋진 금빛 액자에 끼워 넣으니 썩 괜찮아 보였다. 리찌는 액자를 침대 머리맡, 고양이 그림과 석양 그림 사이에 자랑스럽게 걸어놓았다.

그리고 루찌에게 전화를 걸었다.

"안녕, 루찌. 나 리찌야…… 부탁 하나만 들어줄래? 좀 …… 말하기 어려운데…… 이건 비밀이야…… 아무한테도 말하면 안 돼, 알았지? 토미 말야, 면도할 때 면도거품 쓰니? 안 써? 그러면 말이야…… 토미가 면도한 수염 가루 좀 얻을 수 없을까? 뭐? 너희들 곧 헤어질 거라구? 세상에, 남자들이란…… 그래, 남자들…… 아, 그래?…… 응, 고마워. 내일 오후에 가지러 갈게. 정말 고마워, 역시 넌 내 친구야. 그럼 안녕!"

찰리가 나타난 건 이틀 후였다. 예상했던 대로 찰리는 욕실로 들어갔고, 당연히 세면대에서 뭔가를 발견했다. 그리고 그 다음 장면은…… 찰리는 예전처럼 길길이 날뛰었다.

"누구야! 여기 웬 수염이냐구! 누가 면도했어!…… 이 거 봐!……"

찰리가 으르렁거리며 욕실을 뛰쳐나왔다. 그리고 침실로 달려들어왔을 때, 찰리는 흥분해서 거의 미치기 직전이었다. 리 찌가 기다린 바로 그 순간이었다.

"오, 딴 건 다 부숴도 괜찮지만, 그것만은 안 돼. 그건 내 피 카소란 말야!"

"피카소? 그 망할 자식이 누구야? 어디 있어?!"

찰리는 벽에 새로 걸린 그림을 발견하고 거기에 뭔가가 있다는 사실을 깨달았다. 그렇다면 바로 저거로군! 다음 순간 리찌가 아낀다는 피카소의 아름다운 액자는 박살이 났다. 조금 괴로워하는 것 같기도 했지만 리찌는 아무 말도 하지 않았다. 그녀는 자제력이 뛰어난 여자였다.

알고 보면 찰리도 그녀 못지않게 훌륭한 남자였다. 뉴욕에서 돌아왔을 때 그는 피카소의 진품을 안고 있었다. 안색이 좀 창백해 보이긴 했지만, 리찌에게 약속한 대로 커다란 유화를 구입한 것에 자랑스런 기색도 없지 않았다.

"오, 찰리, 내 사랑……"

그녀는 어김없이 꿀처럼 달콤한 입김을 그의 귓속에 흘려보냈다. 그런데 이번에는 어쩐지 전과 같지 않았다. 찰리는 여전히 창백했고 전혀 기뻐하는 표정이 아니었다.

그리고 다시 두 주가 지난 어느 날, 찰리는 엘리베이터를 타고 리찌가 사는 꼭대기까지 올라왔다. 결심한 듯 펜트하우스에 들어간 찰리가 부수고 망가뜨린 건, 가구도 액자도 아니었다. 이번에는 리찌 차례였던 것이다. 그리고 자신이 사준 물건들을 모조리 아이스박스에 넣기 시작했다. 그는 너무나 침착하고 차분하게 행동했다.

리찌의 계획에 문제가 있었던 건 아니다. 실수는 친구 루찌에게 말했다는 데 있었다. 루찌가 뉴욕에서 돌아온 찰리에게 모든 걸 일러바친 것이다.

루찌는 부족한 게 거의 없었다. 딱 하나 살 집이 아쉽긴 했지만 말이다. 최근에 루찌는 찰리라는 애인을 얻었다는데, 찰리에게는 남는 집이 한 채 있다고 한다.

# 뒤죽박죽 사나이

　루드비히는 희귀한 병을 앓고 있었다. 그말고 세상에 그런 병을 가진 사람은 아무도 없었다.

　그 병은 증상이 매우 희한했다. 심리적으로 불안해질 때면 신체 기관들이 모두 변했다. 그것도 젖니가 자라거나 탈장이 일어나는 것처럼 서서히 변하는 게 아니었다. 눈 깜짝할 사이에 아주 위치를 바꾸어버리는 것이었다. 귀가 있던 자리에 무릎이 불쑥 튀어나오고, 입 속에선 혀 대신 엄지손가락이 낼름 나오는 식이었다. 그와 악수를 하려던 사람이 손 대신 발을 움켜쥐는 일도 부지기수였다. 그러면 루드비히는 얼굴이 뻘개져서 무례를 용서해달라며 쩔쩔맸다. 하지만 사과를 하는 그

15

순간에도 신체 기관들은 엄청난 속도로 그의 몸 이곳저곳을 움직여 다녔다. 이런 증상 때문에 루드비히는 늘 신경이 곤두서 있었고, 신경을 쓰면 쓸수록 그의 몸은 더욱더 요동치는 것이었다.

이런 지경이니 루드비히가 스스로 고립된 삶을 찾고자 한 건 당연한 일이었다. 언젠가 딱 한 번 루드비히는 어쩔 수 없이 친구의 결혼식 피로연에 참석한 적이 있었다. 잠깐 얼굴만 비치고 돌아오려 했던 것이 그만…… 어린아이의 목소리가 피로연장을 울린 건 막 수프가 나왔을 때였다. 닭고기 수프였다.

"엄마, 저 아저씨 얼굴이 왜 저래?"

순간 사람들의 시선이 일제히 그에게로 쏠렸고, 모두가 아연실색하고 말았다. 잠시 파티장은 물을 끼얹은 듯 싸늘해졌다. 그리고 곧이어 여자들의 비명소리, 여기저기서 유리컵 깨지는 소리가 들렸다. 부모들은 아이들의 눈을 가리느라 정신이 없었다. 그리고 루드비히는…… 루드비히는 수프 그릇에 비친 자기 얼굴을 망연히 바라보고 있었다. 코가 있어야 할 자리에는……

결코 잊을 수 없는 그날 이후 루드비히는 사람들이 모인 곳을 피했다. 그는 모자를 모으며 시간을 보냈다. 집을 나서는 건 시내 병원에 갈 때뿐이었는데, 사막의 발렌티노처럼 반드시 얼굴을 가렸다.

루드비히는 의사란 의사는 모두 찾아가보았다. 늙은 의사, 젊은 의사, 유명한 의사, 더 유명한 의사, 수염이 짧은 의사, 수염이 긴 의사…… 의사들에게 매번 자신의 병을 호소했지만, 그를 진찰한 의사들은 하나같이 이마에 주름을 지으며 고개를 설레설레 흔들 뿐이었다. 한 사람도, 단 한 사람도 치료법을 알지 못했다. 그는 사회에서 소외되었다. 요란하던 학계의 관심도 어느덧 썰렁해졌다. 깊이 절망한 루드비히는 마지막으로 한 정신과 의사를 찾아가보기로 했다. 이 나라에서 가장 유명하고 가장 나이가 많고 가장 수염이 긴 그 최고의 의사의 이름은 페퇴피였다. 한 가지 덧붙이자면 그의 안경테 역시 지금껏 본 중에 가장 두꺼웠다는 사실이다.

"들어오세요."

어둑한 상담실에서 박사의 음성이 들려왔다.

"앉으세요!"

방 안으로 들어선 루드비히는 약간 혼란스러웠다. 그는 육중한 가죽 소파 쪽으로 다가갔다.

"에? 뭘 하시게? 내가 프로이트인 줄 아시나? 여기 자려고 왔나? 젊은 사람이! 여기 이쪽으로 와서 앉게! 남자는 정좌를 해야 하는 법이네!"

괜히 조금 위축된 루드비히는 머뭇머뭇 다가가 박사가 가리킨 의자 깊숙이 몸을 묻었다. 의자는 박사의 거대한 책상 앞에 있었다. 박사는 손바닥을 가볍게 비비며 말했다.

"이제야 제대로 됐군. 자, 뭐가 문제이신가?"

루드비히는 아무 말도 하지 않았다. 말할 필요가 없었다. 몸이 알아서 설명하기 시작했으니까. 루드비히는 몸 속에서 피가 요동치는 걸 느꼈다. 그리고 뺨이 좀 상기되는가 싶더니 곧 얼굴이 엉덩이 모양으로 변하는 게 느껴졌다. 의사 앞에 얼굴이 아니라 엉덩이를 내밀고 있는 꼴이 된 것이다.

페퇴피 박사는 깜짝 놀라는 것 같았다. 그는 커다란 안경을 고쳐 쓰고는 턱을 쓰다듬었다.

"아하, 흠, 흥미롭군…… 세상에, 이럴 수가…… 내가 대체 뭘 본 거지? 그런 재주를 어디서 배우셨나? 어디, 더 보여줄 수 있으신가?"

아, 그럼, 더 보여주고말고. 순간 보이지 않는 손이 마술이라도 부리는 것처럼, 루드비히의 얼굴에 생겼던 엉덩이가 사라지더니, 이번에는 정수리에서 쑥 무슨 닭 볏처럼 오른손이 스윽 튀어나왔다.

"대단한걸!"

페퇴피 박사는 웃음을 참느라 꾸르륵 소리를 냈다.

"아, 여기서 잠깐만 기다려주겠소?"

그는 자리에서 일어나 서둘러 문 쪽으로 갔다. 문 너머에는 여러 사람들이 모여 있는 듯했다. 가끔씩 흥분된 어조로 떠드는 소리와 왁자한 웃음소리가 들려왔다. 의사는 곧 되돌아왔다.

"오늘은 여기까지만 하지. 다 괜찮아질 테니 아무 걱정 마시오, 친구. 오늘 저녁식사에 초대하고 싶은데…… 이쪽 방면의 전문가들이 많이 참석한다오."

루드비히는 내키지 않았지만 주눅이 든 나머지 초대를 거절하지도 못했다. 그의 역할은 보나마나 뻔했다. 그저 궁중의 광대처럼 갖가지 변신의 재주로 손님들을 웃기는 일일 터였다. 박사는 사람들을 불러 모아놓고 이 해괴한 인물을 발견했음을 자랑하고 싶은 것이다. 하지만 그게 다는 아니었다. 루드비히가 생각하지 못한 게 있었다.

그날 저녁 루드비히는 약속시간에 맞춰 페퇴피 박사의 집에 도착했다.

그가 초인종을 누르기도 전에 박사는 기다렸다는 듯 문을 열었다. 그는 조용히 하라는 듯 손가락을 입술로 가져갔다.

"앉아요. 실은 내가 고백할 게 한 가지 있소만…… 듣고 언짢아하지 말아야 할 텐데!"

박사는 좀 흥분한 기색이었다. 코에는 땀방울이 송송 돋아 있었다. 그는 조심스럽게 말을 꺼냈다.

"내겐 딸이 하나 있다오. 아주 예쁜 아이지. 이름은 로자. 헌데 이 아이에게 문제가 좀 있소. 이 녀석이 밤이고 낮이고 슬픈 얼굴로 말 한마디 없이 지내는 거요. 아기 때부터 웃지도 않고 입도 뻥긋하지 않아. 상상이나 되나? 지금까지 무려 이십 년이야! 집사람은 자기 딸 하나 못 고치는 의사가 무슨 의사냐고 나를 들볶는데 아주 미칠 지경이오!"

말을 마친 의사는 머리를 설레설레 흔들며 양 손으로 깍지를 꼈다.

"그런데 당신이 나타난 거요. 난 웃다가 거의 죽을 뻔했소! 이런, 세상에 저런 광대짓을 보겠나! 그때 문득 그런 생각이 든 거요. 듣고 화내지 말아요! 당신의 병은 은총이오, 은총! 제발 부탁이니…… 내가 연 파티에서 맘껏 마시고 즐기시오. 그리고…… 내 딸아이 앞에서 그 재주를 좀 보여주시오. 제발, 그 아이가 좀 웃게 말이오! 로자를 웃게 해줘요! 당신이 아니면 누가 그 아이를 웃긴단 말이오?"

말을 마친 박사는 입을 굳게 다물고 간절한 눈빛으로 루드비히를 쳐다보았다.

잠시 후, 루드비히는 다시 밖으로 나갔다. 이번엔 제대로 초인종을 누르기 위해서였다. 조금 기다리자 페퇴피 부인이 문을 열어주며 반갑게 그를 맞았다. 수심 어린 그녀의 눈에 언뜻 희망의 빛이 스치는 것도 같았다. 곧이어 박사도 달려나왔다. 그는 몇 주 만에 처음으로 루드비히를 만나는 것처럼 행동했다.

"아, 이제 오시는구만!"

그는 짐짓 명랑한 기색으로 루드비히의 모자와 외투를 받아

걸고는 손님들이 모여 있는 식당으로 그를 안내했다.

식당에 모인 사람들은 모두 이쪽 방면의 전문가들이었다. 수염을 길게 기른 노신사 일곱 명이 식탁에 둘러앉아 있었는데, 타오르는 촛불에 벗겨진 머리가 반짝거렸다. 루드비히가 자리에 앉자, 모두 포도주 잔을 들었다. 하녀들이 수프를 나르기 시작했다.

그런데 하필 닭고기 수프라니…… 루드비히는 예전 일이 생각나서 불쑥 불안한 기분이 들었다.

"딸아이는 왜 안 보이나?"

노신사 중 한 명이 물었다.

"그렇군. 우리 로자는 어딨지?"

페퇴피 박사가 말을 받으며 루드비히에게 눈을 찡긋해 보였다.

바로 그때 문이 열리고 로자가 등장했다.

오, 로자! 향기로운 아침이슬. 빛나는 눈송이. 감미로운 샛별……

로자를 처음 본 순간 루드비히는 마치 꿈을 꾸는 것만 같았다. 세상에 저렇게 아름다운 여자가 있다니! 그는 숨이 턱 멎는 것만 같았다. 그리고…… 그때까지 불안하던 마음도 한순간에 가시는 것 같았다. 숨쉬는 것도, 생각하는 것도, 그리고 불안한 마음까지 모두 잊어버린 것이다.

로자는 루드비히의 맞은편에 앉았다. 상앗빛이 도는 갸름한 그녀의 얼굴은 속이 다 비칠 듯 투명하게 빛났다.

"자, 식기 전에 드십시다! 수프 맛 좀 보시죠. 이 자리를 위해 요리사가 특별히 준비한 거니까!"

페퇴피 박사는 루드비히에게 재촉하듯 눈짓을 했다.

"무슨 기막힌 솜씨를 보여줄 거라던데…… 그렇지 않소, 루드비히?"

순간 루드비히는 퍼뜩 정신이 들었다. 자신이 왜 이 자리에 있는지 떠올랐던 것이다. 사람들의 시선이 모두 그에게로 집중되었다. 호기심과 기대로 가득 찬 시선들…… 갑자기 속이 울렁거리기 시작했다. 답답한 가슴이 요동친다 싶더니 이제까지 한 번도 경험해보지 못한 아주 강렬한 느낌이 폭발했다.

끓어오르는 화산을 연상케 하는 루드비히의 모습에 사람들은 모두 아…… 오…… 하는 감탄사만 연발할 뿐이었다. 온몸의 기관들, 입과 코와 귀, 팔과 다리들이 일제히 격렬하게 춤을 추기 시작했다. 몸 속의 내장들도 미친 듯 요동쳤다. 하지만 변함 없이 자리를 지키고 있는 기관이 있었으니, 그것은 그의 두 눈이었다. 루드비히의 눈은 빨려들 듯 로자의 검고 큰 두 눈을 응시하고 있었다. 그런데 갑자기 어떤 가냘픈 음성이 들려왔다. 너무도 작고 여린 그 음성은 루드비히 말고는 아무도 들을 수 없었다.

"진정해요. 주머니에서 심장을 꺼내봐요. 그렇지 않으면 제가 열 수 없으니까요……"

이상한 일이었다. 로자는 아무 말도 하지 않았다. 잠시 후에야 루드비히는 깨달았다. 그것은 자신이 로자의 입을 빌려 스스로에게 한 말이었음을……! 그의 얼굴에 도톰한 로자의 입술이 달려 있었던 것이다. 그뿐만이 아니었다. 자신의 심장과 로자의 심장이 서로 자리를 바꾸었다는 사실을 그는 감지했다. 그리고 그가 바라보고 있던 로자, 그녀의 얼굴엔 분명 자신의 입술이 붙어 있었다.

……

그녀는 활짝 웃고 있었다.

# 불행한 사내에게 찾아온 행운

펠릭스 페힐라인이 막 스물다섯 살이 되었을 때, 온갖 끔찍한 일들이 한꺼번에 쏟아졌다.

아버지가 주가 폭락을 비관하여 아무런 예고 없이 유서 한 장 남기지 않고 창문에서 뛰어내렸고, 이에 상심한 어머니마저 얼마 후 철로에 뛰어들어 자살한 것이다. 그 바람에 잘츠부르크와 빈을 연결하는 열차운행에 상당한 지장이 초래되기도 했다. 연이어 여동생 알마는 마약에 맛을 들여 결국 중독자가 되었고, 수백 가지 다양한 마약을 실험해보겠다며 남편을 떠나 암스테르담으로 갔다. 그뿐인가. 열두 살짜리 남동생 에밀 녀석은 정신적인 충격으로 퇴행증세를 보였다. 다시 기저귀를 차고, 영양제로 연명하기를 고집하던 그애는 결국 병원 신세를 지기에 이르렀다.

그렇다면 페힐라인은? 그는 점점 말수가 줄어들었다. 마치 불운한 기운이 자신의 삶을 송두리째 뒤흔들고 있는 듯했다. 참담했다. 더이상 살 만한 가치도 없는 것 같았다.

자기 자신의 말이나 행동, 생각이 모두 부질없게 느껴지자 참을 수가 없었다. 그는 점점 침묵 속으로 빠져들었고, 아무 일도, 아무 생각도 하지 않게 되었다. 무력감에 빠진 그가 마지막으로 한 일은 집에 있는 거울이란 거울을 모두 떼어내는 것이었다. 무기력한 자신의 모습을 보고 싶지 않아서였다.

아내 역시 어쩔 도리가 없었다. 말 한마디 하지 않는 남편 곁에서 팔 개월을 버틴 아내가 그를 속이고 다른 남자와 인도의 푸나라는 곳으로 떠난 것도 어쩌면 당연한 결과였다. 그녀는 뭔가 의미 있는 일을 하고 싶었던 것이다. 친구들도 그를 외면한 지 오래였다. 말수가 없고 늘 우울한 듯 입이 축 늘어져 있는 그를 슬금슬금 피했다. 일하던 가구점에서도 쫓겨났다. 전시된 침대를 쓰게 해줘도 자꾸만 매장 바닥에서 잠을 잔다는 것이 이유였다.

그랬다. 그가 선택한 방법은 잠이었다. 그는 이제 잠에 취해 살았다. 밤이나 낮이나 잠만 잤다. 잘 때만은 불행의 손아귀에서, 피할 수 없는 운명의 사슬에서 벗어날 수 있었으며 잘 때만은 아무 일도 일어나지 않았다. 잠은 죽음에 대한 달콤한 예고인지도 몰랐다. 그는 잠 속으로 빠져들면서 차츰 시간을 잊었다. 아니, 시간을 잊는 것만으로는 충분치 않았다. 그는 이제 침대에서 몸을 일으키는 것조차 귀찮았다. 가능한 한 자리에서 일어나지 않으려고 그는 씻는 시간도, 식사 시간도 줄여나갔다.

그는 그저 잠을 자고 숨을 쉬고 있을 뿐, 삶에 대한 그 어떤 의욕도 잃어버린 지 오래였다.

그러던 어느 날 페힐라인의 집에 강도가 들었다. 그 강도는 살인범으로 경찰에 긴급 수배령이 내려진 상태였다. 전례 없는 빠른 속도로 현상수배자 명단 1위에 오른 그 자는 지난 몇 주간 가공할 사건들을 저지르고 다녔다고 했다. 특히 범행수법이 매우 단순하면서도 효과적이었다. 마스터 키가 유일한 그의 도구였다. 어떤 자물쇠도 몇 초를 넘기지 못했다. 마스터 키는 예상치 못한 목격자를 해치우는 데에도 쓰였다. 그는 철저한 프로였다. 늘 신속하고 조용하게 범행을 저질렀고, 피의 흔적은 어디에도 남기지 않았다.

그런 그에게 페힐라인의 집이 표적이 되었다. 며칠 동안 관찰한 결과, 그 집엔 아무도 살지 않는 것 같았다. 밤이 되어도 불이 켜지거나 커튼이 쳐지지 않았으며 현관으로 드나드는 사람도 일절 보이지 않았다. 그러니 페힐라인의 집에 침입한 범인이 침대에 누워 있는 페힐라인을 보고 기겁을 한 것은 당연한 일이었다. 하지만 그는 역시 프로답게 조금도 동요하지 않았다. 한 걸음 한 걸음 어두운 방 안을 가로질러갔다. 잠자는 페힐라인의 목을 어떻게 찌를지 가늠하면서 천천히 가죽장갑을 끼었다. 그리고 무기를 든 손을 높이 치켜든 순간, 문득 떠오르는 생각이 있었다.

대체 이럴 필요가 있을까…… 굳이 피를 흘려 흔적을 남길 이유가 없었다. 그는 치켜든 팔을 내리고 주위를 살폈다.

방 안에는 가구마다 먼지가 수북했다. 그때까지 느끼지 못했던 악취가 코를 찔러왔다. 게다가 침대에 누워 있는 해골 같은 사내의 초점 없는 퀭한 눈이라니. 텅 비어 있는 듯 허공을 향한 두 눈, 꼼짝 없이 누워 있는 깡마른 몸, 그 모든 것으로

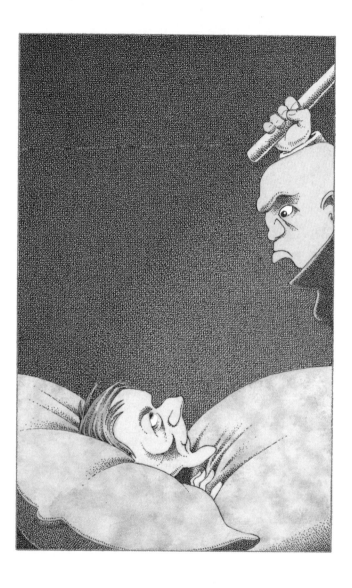

보아 결론은 하나였다. 이런 자를 또다시 죽일 필요가 있을까. 그는 이미 죽은 사람이었던 것이다.

경찰이 펠릭스 페힐라인을 발견했을 때는 저녁 무렵이었다. 경찰이 출동하자 이웃 사람들도 이 유령 같은 이웃의 비밀을 캐낼 기회라 여겼는지 연신 기웃거렸다. 그가 병원으로 실려 갈 때에는 몹시 걱정이라도 된다는 듯 길을 막고 수군거렸다.

같은 날 밤 병상에 누운 페힐라인을 찾아온 경관 두 명의 속사포 같은 질문에도 그는 정신 나간 얼굴로 그저 웃고만 있었다. 사실 그는 강도의 침입이 꿈인 줄 알고 있었을 뿐 아니라 아직도 여전히 꿈속이라고 생각하고 있었다. 경관들이 나의 꿈에 관심을 가지고 그 얘기를 들으러 이렇게 찾아오다니…… 그는 매우 흐뭇했다. 기분이 좋아진 페힐라인은 범인의 인상착의를 상세하게 묘사했고, 사상 유례 없던 완전범죄자는 다음날 아침 바로 체포되었다.

그는 하루아침에 유명인사가 되었다. 신문마다 그를 두고 국민적 영웅이라 대서특필했으며, 사람들은 그의 냉정하고 예리한 시선과 기억력이 광포한 살인마를 무릎 꿇게 했다고 입을 모아 칭송했다. 기자들은 그가 입원한 병원 앞에 진을 치고, 어떻게 해서든지 이 영웅의 입에서 단 한마디라도 얻어내려고 애를 썼다. 병실에 들어가 영웅의 사진을 찍을 수 있는 행운을 얻은 기자는 극소수에 불과했다. 어디 그뿐인가. 매일같이 전국 각지에서 감사와 안부를 전하는 편지가 쇄도했다. 편지를 뜯어보고 알파벳순으로 정리하는 간호사를 따로 세 명이나 두어야 할 정도였다. 대통령과 수상이 친히 문병 왔을 때, 그는 이미 꽤 건강한 상태였다. 그는 이제 죽음을 꿈꾸는 일 따위는 그만두었다.

얼마 지나지 않아 퇴원할 무렵, 그는 매우 건강한 모습이었다. 체중도 많이 늘고, 기력도 회복한 그는 어느 모로 보나 예전의 그가 아니었다. 거기다 살인자에게 걸렸던 거액의 현상금을 받아 미래도 보장이 된 상태였다. 그는 활기와 희망에 넘쳐 집으로 돌아왔다. 이웃 사람들은 꽃다발과 축하케이크로 그를 맞았으며, 같은 건물에 사는 세 소녀들이 영웅을 칭송하는 노래를 불러주었다. 누구의 손길이었는지 방도 깨끗하고 아늑하게 꾸며져 있었다. 예전의 냉대와 무관심은 어디에서도 찾아볼 수 없었다. 사람들의 찬사와 환대가 고마운 건 사실이었다. 하지만 그런 호의와 관심이 진심에서 우러나온 것이 아니라는 건 그도 알고 있었다. 타인의 선망과 질시는 값비싼 명성이 치러야 할 대가이기도 했다.

사람들이 모두 돌아가고, 분주하던 집 안에 정적이 찾아들었다. 다시 혼자가 되어서야 식탁 위 선물들 틈에 놓여 있는 커다란 상자 하나가 눈에 띄었다.

상자에 꽂혀 있는 카드에는 "당신의 벗들이 고른 가장 훌륭한 이 그림을 벽에 붙여놓으시길 바랍니다!"라고 씌어 있었다. 무슨 그림일까. 펠릭스는 급히 포장지를 뜯고 상자 안을 들여다보았다. 반쯤 열린 상자 안에선 웬 낯선 남자가 자신을 향해 웃고 있었다. 남자의 표정은 온화하고 부드러웠다. 어딘가 슬픔의 흔적 같은 것이 묻어나는 것 같기도 했다. 몇 분이나 지났을까…… 그는 상자 안에 있는 남자가 바로 자기 자신임을 깨달았다. 그가 받은 선물은 바로 거울이었던 것이다.

두 번, 세 번, 페힐라인은 마치 사나운 짐승에게 다가가기라도 하듯 멈칫거렸지만 곧 용기를 내어 거울을 집어들었다. 그리고 그 속에 있는 자신의 두 눈을 똑바로 응시했다. 얼마나 오랜만에 거울을 보는 건지 기억도 나지 않았다. 물론 병실에도 거울은 있었지만 그는 오랜 습관대로 시선조차 주지 않았다. 병원에 비치된 신문과 텔레비전에서 자신의 사진을 수없이 보았지만 거울에 비친 자신의 모습은 그저 익명의 낯선 남자로 여겨졌을 뿐이었다.

그러나 이제는 달랐다. 자신의 존재가 바로 코앞에서 생생하게 느껴졌다. 영웅이 된 자신의 웃는 모습이…… 거울을 들여다보며 그는 조금 쉰 목소리로 말했다.

"안녕, 나는……"

가슴이 마구 두근거렸다.

그는 침대 머리맡에 거울을 걸어두었다. 잠들기 전에도, 잠에서 깨어나서도 바로 거울을 볼 수 있도록 말이다. 그리고 거울을 스무 개나 더 사들여 집 안 구석구석에 모두 걸어두었다. 단, 욕실만은 그대로 두었다. 벌거벗은 자신의 모습을 보는 게 그다지 편치 않았던 것이다. 아무튼 아침에 눈을 뜨면 제일 먼저 거울을 들여다보는 일이 잦아졌다. 수줍어하면서도 호기심 어린 눈길로…… 자신이 잘 있는지, 잠은 잘 잤는지 궁금했다. 그러던 어느 날 밤 그는 자다 말고 일어나 불을 켰다. 그리고 거울 속에 있는 자신의 눈을 깊이 들여다보며 이렇게 속삭였다.

"미안, 내가 잠을 방해한 건 아니니?"

그날 밤은 그에게 도저히 잊을 수 없는 시간이 되었다. 자신이 그렇게도 다정하고 정열적인 남자라는 사실을 증명해준 날이었던 것이다. 그날 그는 아침햇살이 스며들어 자신의 머리칼을 만질 무렵에야 잠이 들었다.

펠릭스 페힐라인의 생애에서 이때만큼 행복한 적은 없었다. 예전처럼 대부분의 시간을 침대에서 보냈지만, 예전과 달리 잠은 거의 자지 않았다. 로맨틱한 카페, 촛불 아래에서 누군가에게 편지를 쓰며 킥킥거리기도 했다. 그럴 때면 그의 주위엔 꽃장수들이 모여들곤 했다. 또 별이 빛나는 밤이면 한가로이 공원을 산책하면서 나직하고 부드러운 음성으로 이렇게 중얼거리기도 했다.

봄이 오면 나는
나와 함께 꽃밭을 거닐고 싶네
여름이면 나는
나와 함께 말을 훔치러 가겠네
가을이면 나는

나와 함께 낙엽길을 산책하고

첫눈이 오면 나는

나와 함께 몸을 덥히겠어

달빛이 아름다우면

난 나를 위해 달을 따오리

내 눈엔 푸른 달빛이

가득할 거야

언제까지나 나는

나와 함께 하며

나를 위해 존재하겠지

오직, 나, 나만을

나는 사랑해, 그렇게

우리 둘은 서로.


  펠릭스의 사랑은 첫눈이 올 무렵까지 계속되었다. 그사이
그에 대한 대중의 관심은 차츰 시들었고, 새로운 살인자와 새
로운 영웅들이 신문의 일면을 장식했다. 다정하던 이웃들의
눈빛도 예전 같지 않았다. 그들은 다시 그를 괴팍하고 불쾌한

사람으로 여기는 듯했다. 우체부가 날라다주는 것도 광고지와 청구서뿐이었다. 토크쇼나 파티에 초대되는 일도 거의 없었다. 그는 자신과의 시간을 더 많이 갖기 위해 그런 모든 요청을 거절했던 것이다.

어쩌면 그건 당연한 일이었는지도 모르겠다. 대중의 관심이 사그러들수록 페힐라인의 자기 사랑도 빛을 잃어갔다. 그는 이제 거울을 보며 웃는 대신 걱정스런 눈빛으로 방 한구석을 쳐다보는 일이 잦아졌다.

그리고 어느 날 아침, 그는 침대 머리맡에서 깨끗이 접은 편지 한 장을 발견했다.


나 자신에게 잘못한 게 없는데
어느 순간부터인가 자꾸만 답답해.
나, 나 자신의 구속을 느껴.
이제 숨막혀,
끊임없이 내 생각만 한다는 건.
하루 종일 나와 함께
풀로 붙인 듯 답답하게 살 수는 없어.

난 언제나 나의 사랑을 내게

고백해야 한다고 생각하지.

하지만 이제야 알았어,

나는 나와 잘 맞지 않는다는 걸.

정말 미안해.

아름다웠어, 함께 지낸 시간.

좋은 시간이었어, 하지만 안녕.


페힐라인은 조용히 편지를 읽었다.

그리고 이제 마지막이라는 듯 시선을 들어 거울 속을 바라
보았다. 하지만 웬일인지 거울은 밤새 눈이라도 먼 듯 그의 모
습을 되비추어주지 않았다.

# 야성의 부름

슐로츠키 백작은 검소하기 짝이 없는 사람이었다. 그는 꼭 필요한 물건들만 놓고 살았다. 샴페인용 얼음통, 섬유 유연제, 건강 지압 구두, 식기 세척기 따위는 그에겐 잡동사니에 불과했다. 그에게 유일한 사치가 있다면, 그건 모험이었다. 모험이 없는 삶은 생각할 수도 없었다.

하지만 이미 오래 전부터 그가 도전할 만한 세상은 어디에도 남아 있지 않았다. 세상에 발견되지 않고 개척되지 않은 장소란 이제 없었다. 엄청난 흥분을 일으키는 전쟁이 세계 도처에서 발발하고 있긴 하지만 현대 사회의 전쟁이란 최신 유행에 따른 살육 놀음일 뿐이었다. 치실과 수정 시계를 챙겨들고 참호 속으로 들어가는 군인들, 의사에 통신원까지 동반한 전투는 그에겐 지루하고 우스꽝스러웠다. 모든 것이 컴퓨터를 이용해서 이루어지는 이런 전쟁의 모습에서 원시적인 야성의 흥분은 도대체 찾아볼 수가 없었다.

어쨌든 그는 전설의 설인을 찾아 히말라야로 떠나기도 했고, 아마존에선 거대한 발자국의 흔적을 찾아 헤맸으며, 기대 반, 두려움 반으로 네스 호의 괴물을 기다리며 수주일을 보내기도 했다. 물론 매번 허탕만 쳤지만 말이다. 어딘가에 정말 낯설고 비밀스런 세계가 있을 것 같은데 그에게는 모습을 드러내지 않았다. 세계 곳곳에 숨어 있는 불가사의들이 자신을 골탕먹이려고 한통속으로 자신을 피해다니는 건지 아니면 그런 건 정말로 없는 건지 알 길이 없었다. 세계 어느 곳을 가보아도 이미 자동차 바퀴자국이 선명했고, 여기저기 빈 맥주캔들이 널려 있었다. 오스트레일리아의 오지라고 해서 찾아갔을 때에도 그를 맞은 것은 미키 마우스 장난감과 얼음 띄운 코카콜라, 민속춤 공연, 카지노 따위였다. 그린랜드에서도 한참 떨어진 에스키모 마을에서도 사람들은 이미 핸드폰과 화장지를 사용하고, 입에는 필터시가를 물고 있었다.

슐로츠키 백작은 모든 의욕이 사라지는 것 같았다. 너무 지쳐 있기도 했다. 그는 아프리카 말리의 팀북투에서 맥도날드 햄버거를 우적우적 씹으며 빈(Wien) 조간신문을 넘기고 있었다. 그런데 좀 이상한 기사 하나가 눈길을 잡아끌었다.

기사의 타이틀은 '카메라 팀의 최후 — 식인종에게 당했나?' 였다. 그 밑엔 작은 글씨로 '다큐멘터리를 찍던 카메라 팀, 원시림에서 실종' 이라고 씌어 있었다.

정신이 번쩍 들었다. 그의 눈동자 속에서는 그 어느 때보다도 밝은 불길이 활활 타올랐다.

"아, 이국의 정글."

그는 도취한 듯 중얼거렸다.

"비밀과 위험으로 가득한 녹색의 지옥. 잔인하게 사람이 사람을 잡아먹고, 벌거벗은 채로 짐승처럼 서식하는 곳. 오, 낙원이여! 그래, 잔혹한 낙원으로 가는 거다……"

그로부터 채 두 주도 되기 전에 슐로츠키는 약속의 땅 뉴기니의 말랄라마이 항구에 도착했다. 피니스테르 산기슭에 도착하자, 어두컴컴한 협곡에 울창한 원시림이 빽빽이 들어차 있었다. 흥미진진한 모험의 서막이었다.

그는 천천히 앞으로 나아갔다. 준비해 간 기다란 칼로 커다란 나무 줄기를 베어가며 한 걸음씩 앞으로 나아가면, 그의 등 뒤는 금세 울창한 수풀로 다시 메워졌다. 마술에나 걸린 듯했다. 거대한 나무 꼭대기 어딘가에서 기이한 새소리가 아득히 들려오기도 했다. 밤이 되어도 짐승들 울음소리와 나뭇가지 부스럭대는 소리는 그칠 줄을 몰랐다. 거대한 정글은 온통 알 수 없는 웅얼거림으로 가득 찼다.

그렇게 그는 앞으로 앞으로 나아갔다. 얼마나 지났을까······ 그는 이제 날짜를 세는 것도 그만두었다. 그러던 어느 날이었다. 가도 가도 끝이 없는 울창한 원시림에 한줄기 햇빛이 새어 들어오더니 앞이 훤하게 트이기 시작했다. 하늘을 찌를 듯한 아치를 이루고 있는 그곳에서, 어렴풋이 북소리가 들려오는 듯도 했다. 북소리는 멀리서 희미하게 들리다가 어느새 숲을 뚫고 들어와 그의 심장 고동소리와 하나가 되고 있었다. 오랜 꿈이 이루어질 순간이 눈앞에 다가왔다. 그는 그것을 분명히 느꼈다. 어떤 일이 닥쳐와도 순간 순간을 그 깊은 곳까지 즐기고 음미하리라. 잠시 도취된 순간, 수풀 속에서 요란한 함성이 들리더니 순식간에 파푸아 족의 전사들이 우루루 나타나 그를 에워쌌다. 살기로 번득이는 그들의 눈엔 날카로운 창과 뾰족한 독화살이 비치고 있었다. 그들은 순식간에 그의 팔과 다리를 붙잡아, 생포한 곰처럼 나무에 동여매더니 어깨에 걸쳐 메고는 곧장 마을로 향했다. 슐로츠키 백작의 얼굴에 만족스러운 듯 환한 미소가 번졌다. 그는 모든 것을 포기한 척 말없이 눈을 내리깔았다.

얼마 후, 파푸아족 추장이 모습을 드러냈다. 희고 굵은 뼈로 코를 꿰고 성기도 커다란 뼈로 장식하고 있었다. 머리에 쓴 화려한 깃털 장식이 전사들의 힘찬 노래에 맞춰 흔들렸다. 어느 순간 그는 부하들에게 동작을 멈추라고 명령하더니, 백작에게 성큼성큼 다가와 그의 허벅지와 엉덩이, 뱃살을 꼬집어보았다. 만족한 듯 추장이 진주처럼 하얀 이를 드러내며 웃자, 사방에서 환호성이 울리며 행진이 계속되었다.

마을에 가까워지자 마중 나온 여자들과 아이들이 몰려들었다. 그들은 웃고 춤추며, 붙잡혀온 백작에게 탐욕스런 눈길을 던졌다. 그리고 넓은 광장 한복판, 결박을 풀어주는가 싶더니 그것도 잠시일 뿐, 그는 추장이 서 있는 화려한 제단 앞, 커다란 나무에 다시 묶이고 말았다. 여자들이 땔나무와 잎사귀들

을 들고 와 구덩이에 집어넣었고, 전사 둘이 돌을 부딪쳐 불을 피웠다. 신이 난 소년들은 활과 화살을 들고 춤을 추며 그의 둘레를 빙글빙글 돌았다. 아이들은 금방이라도 찌를 듯 무기를 흔들며 그를 위협하다가 갑자기 도망치는 어린 닭들처럼 뿔뿔이 흩어졌다. 추장이 다가왔던 것이다. 거칠면서도 신비로운 북소리가 둥둥 울려퍼지기 시작했다. 추장은 엄숙하고 진지한 동작으로 들고 있던 돌칼을 높이 치켜들었다.

이제야말로 소원을 이루는구나. 그는 생각했다. 이 얼마나 고귀하고 위대한 순간이란 말인가! 마침내 시원의 인류에게로 귀향하는 것이다. 이제야 비로소 자연의 품안으로 돌아가는 것이다.

일찍이 경험해보지 못한 행복한 감정이 북받쳐올라 흐르는 눈물을 주체할 수가 없었다. 무아지경에 빠진 그는 자신도 모르게 소리쳤다.

"오오, 그래. 나를 찔러라, 고귀한 원시인들아! 놀라운 식인종들아! 내 숭고한 운명을 완성해다오. 본능대로 살다 가는 너희 원시인들아! 내 심장을 찢어발겨라. 내 살 한 점, 머리카락 한 올까지 남김없이 먹어치워라. 복 받은 너희의 뱃속에서

45

나는 녹아 사라지고 싶구나. 왜냐구? 너희를 사랑하기 때문이지. 오오, 그래, 난 너희를 사랑한다! 이야아, 이 얼마나 멋진 모험이란 말이냐!"

순간 마을 전체가 정적에 잠겼다. 북소리도 멈추었다. 모여 있던 원시인들은 하나같이 얼빠진 표정으로 추장과 백작을 번갈아 보았다. 추장은 낭패한 듯 천천히 칼을 내리고 도움을 구하는 듯 숲속을 바라보았다.

"캇! 캇! 카메라 스톱! 이런 제기랄! 어디서 이런 멍청이를 잡아온 거야?"

제단 뒤에서 청바지에 선글라스를 쓴 남자 하나가 뛰어 올라오더니 대뜸 백작에게 불끈 쥔 주먹을 들이밀었다. 비싼 향수 냄새가 진동했다.

"이런 멍청한 놈! 죽는 마당에 그 따위 소릴 지껄이는 사람이 어딨어? 너 때문에 다 망쳤잖아!"

옆에 있던 추장이 나섰다.

"우린 잘못한 거 없어. 어쨌든 약속한 대로 달러는 줘야 돼."

# 라슬로의 시체들

"어때? 기분 괜찮아, 내 사랑?"

시체를 씻으며 다정히 말을 건네는 라슬로, 그는 시체를 사랑한다. 은은하게 빛나는 비단 수건으로 시체를 닦아내고 나면 장미 향수를 뿌려준다.

라슬로의 작업실은 화려하고 신비롭다. 검은색 빌로드와 금빛 끈이 둘러쳐진 공간은 향긋한 발삼향으로 가득하다. 작업실 한복판에 서 있으면 그 자신도 향기와 함께 날아가버릴 듯하다. 라슬로, 그는 포장의 대가이자 몸을 다루는 최고의 예술가이다. 가끔씩 바깥 거리로 나설 때면 몸을 돌려 문 위를 올려다본다. 현관 앞에 씌어 있는 자신의 이름과 자랑스러운

직업을 보면 더없이 뿌듯하다. "라츨로 페케테 — 장의사"

그에겐 이제 친구가 없다. 친구들이 그를 두고 종일 시체하고 씨름하는 기분 나쁜 친구라고 조롱하고 비웃었기 때문에? 아니다. 라츨로는 어떠한 모욕과 경멸도 견뎌낼 자신이 있었다. 하지만 녀석들이 저지른 그 파렴치한 행동만은 결코 용서할 수 없었다. 그들은 죽은 사람을 능욕하며 시체를 마구 다루었던 것이다.

눈을 감자, 안개 속인 듯 어렴풋이 지난 일들이 떠오른다. 도살장에서 일하던 시절. 끈적끈적한 땀, 경직되어가는 죽은 소들의 뜨거운 피, 멀리서 들려오는 도축업자의 고함소리, 꽥꽥거리는 돼지들의 비명소리, 그리고 묵직한 사슬이 바닥에 끌리는 차가운 소음……

칼을 다루는 라츨로는 손놀림이 아주 날쌨다. 그의 손이 닿으면 붉은 피가 벌컥벌컥 쏟아지며 부글부글 거품이 일었다. 그렇게 하루에 사백 마리가 넘는 소들의 목을 땄다. 그리고 팔년 육 개월이 지난 어느 날, 마리가 나타났다. 돈 많고 관대했던 늙은 여자, 마리. 변두리의 어느 술집이었다. 도축업자 몇 사람이 모여 소시지에 맥주를 마시고 있었다. 뚱뚱한 마이어는 황소의 불알을 잘라내는 일을 했고, 홀쭉한 에켈은 소의 내장을 떼어내는 일을 했다. 마리는 옆 테이블에 앉아 있었다. 주름이 많은 얼굴에 잿빛 머리를 한 그녀는 푸들 한 마리를 품에 끼고 있었다.

"이리 온, 멍멍아!"

라츨로는 강아지를 불러 다정하게 소시지를 먹여주었다.

"소시지에게 소시지를 먹이는구만! 여기 이 여자분에게 죽한 그릇!"

뭐가 재밌다는 건지 마이어가 낄낄대며 말했다.

마이어가 살찐 허벅지를 두드려가며 으하하하 웃었고, 에켈도 그 옆에서 숨이 넘어갈 듯 킬킬거리다 기름때 전 바지에 맥주를 반 컵이나 쏟고 말았다. 그때 마리는 이가 하나도 없는 입을 살짝 벌려 라츨로에게 미소를 던져주었다.

아, 착한 마리. 돈 많은 구두쇠 마리. 그녀는 반평생 동안 엄청난 돈을 모았다. 다섯 개의 통장에 쌓인 돈은 그녀가 결혼했던 다섯 남자들의 유산이었다. 그녀는 재산을 모두 가축 병원에 기증하고 싶어했었다. 어쩌면 여섯번째 남자에게 주고 싶었는지도 모른다. 어쨌든, 마리는 너무 일찍 죽고 말았다. 하지만 눈을 감는 순간 그녀는 너무나 행복한 표정을 짓고 있었다. 마리 페케테는 여섯번째 결혼을 한 지 겨우 이틀 만에 생에 종지부를 찍고 말았다. 애완견 푸들 바스티를 붙잡으려다가 그만 대형 버스에 치이고 만 것이다. 너무나 순식간에 벌어진 일이라 새신랑 라츨로는 그녀를 말릴 겨를도 없었다. 바스티 역시 그 자리에서 즉사했다. 녀석은 이제 라츨로의 성난 외침, "이 망할 개새끼!"라는 말을 듣지 않게 되었다.

장례식은 조촐하고도 엄숙했다. 해먼드 오르간이 연주되는 가운데 라츨로는 슬프게 흐느껴 울었다. 사랑하는 마리에게 줄 수 있는 마지막 선물은 짠 눈물방울뿐이라는 듯.

그리고 그는 조문객들 앞에서 조용히 자신의 계획을 발표했다. 사랑하는 사람이 죽고 없는 무의미한 자신의 삶을 죽은 자들을 보살피는 데에 바치겠노라고.

죽은 자들을 위한 평화의 장소, 사원을 짓고 싶었다. 그는 결국 장의사를 차리기로 했다. 마리가 남긴 유산은 오직 이 숭고한 뜻을 위해서만 사용될 것이었다.


"건배! 시체에겐 전나무가 최고라네! 토니에겐 마호가니면

되지! 그것도 아주 싸구려로 말이지!"

술잔을 든 마이어가 큰 소리로 외쳤다. 에켈은 또다시 바지를 갈아입어야 했다.

기억의 그림자가 마음속을 기웃거리는 동안에도 민첩한 그의 손은 시신의 흰 얼굴을 솜씨 좋게 화장하고 있다. 라즐로는 생각한다. 갓 칠한 페인트 냄새도 역한 니스 냄새도 짙은 유향에 모두 날아가버리던 그날, 처음 가게문을 열던 그날을……

그날은 근처에 있는 양로원 노인들이 와서 샴페인과 빵을 먹고 즐기다 돌아갔었다. 라즐로 페케테 생애 최고의 순간이었다. 노인들의 기운 없는 목소리도 그에겐 천사들의 하프 연주처럼 들렸다. 라즐로가 더없는 행복감에 도취되어 있던 그 순간, 마이어와 에켈이 요란스럽게 들이닥쳤다. 라즐로는 그들을 초대한 적이 없었다.

"내 빵에 손대지 마!"

언짢은 듯 라즐로가 소리쳤지만 두 사람은 전혀 개의치 않았다.

"여기서 뭣들 하시나? 흠, 미인대회라도 열리나보군 그래!"

마이어는 선반에서 금으로 만든 유골 단지 하나를 번쩍 들어울리더니 "미스 미라를 위한 우승컵!" 하고 소리쳤다.

"짐승 모가지를 따던 저 친구에게 어디 한번 물어보자구. 이제 뭐라고 불러야 되는지 말이야! '장의사'? 시체 시중드는 일에 꼭 그런 어려운 말을 써야 되나? 나라면 다르게 말하겠구만! '골로 가다'! 이건 어때? '썩어 문드러졌네.' 푸하하! 이래도 좋을 거야. '시체를 최신식으로 모셔드립니다!'"

마이어와 에켈은 좋아라 떠들어댔다.

라슬로는 조심스럽게 고무장갑을 벗고 얕은 한숨을 뱉어낸다. 소동에 놀란 양로원 노인들은 허둥지둥 짧은 인사를 남기고 사라져버렸다. 하지만 그 노인들은 오래지 않아 시체가 되어 다시 그를 찾아왔다. 그는 신뢰에 보답하고자 고인이 된 노인들을 정성껏 모셨다.

그는 시신을 뉘어놓았던 침상을 구석으로 밀어놓고 냉동실의 문을 열고 들어간다. 동화 속처럼 고요하고 부드러운 분위기가 맴도는 곳…… 그곳에 그들이 있다. 그곳에 그들이, 마이어와 에켈이 아이들처럼 편히 잠들어 있다. 신이 처음 그들을 세상에 내놓았을 때의 그 모습 그대로. 두 사람의 머리카락에 맺힌 투명한 얼음 결정이 빛나고 있다.

형사도 라즐로 잘못이 아니라고 말했다. 마이어와 에켈의 어리석은 장난을 라즐로가 알 수는 없었을 것이다. 그들은 자신들의 사망증명서까지 미리 조작해놓았던 것이다. 사실 두 사람은 냉동실에 죽은 척 누워 있다가 동시에 벌떡 일어나 라즐로를 놀래킬 작정이었다. 계획과 달리 그들에게 치명적인 결과가 찾아왔을 뿐…… 가게문을 닫고 퇴근하는 건 라즐로의 정당한 권리였다. 다만 그게 그들이 재빨리 냉동실에 들어간 직후였다는 게 문제라면 문제일까. 형사는 그것이 죄가 될 수는 없다고 보았다. 두 사람은 고주망태로 취한 나머지 끝내 냉동실에 그대로 누워 있었을 터. 형사는 그렇게 사건을 종결지었다.

　라즐로 페케테의 시선은 한참 동안 두 구의 시신에 머물렀다. 순식간에 모든 분노가 사라지는 듯했다. 오히려 가슴 깊은 곳에서부터 한없는 연민이 치솟았다. 말없이 누워 있는 시신을 바라보는 라즐로의 마음에는 사랑이 차올랐다. 그건 상처를 아물게 하는 용서이기도 했다. 그는 알고 있었던 것이다. 언제고 사람은 변할 수 있다는 것을. 그리고 마이어와 에켈도 그렇게, 변하고 있었다.

# 커피 크림을 사는 남자

아침 일곱시 이십분. 슈퍼마켓 '유쾌한 토인나라'.

슈퍼마켓 '유쾌한 토인나라'는 저 멀리 남국의 어디쯤에나 있을 법한, 쉽게 눈에 띄지도 않는 허름한 구멍가게다. 빨라야 점심때쯤에나 문을 열 것 같은 그런 조그만…… 어디를 둘러봐도 토인들은 눈에 띄지 않는다. 가게 안엔 우울한 낯빛, 무거운 회색빛 외투들, 낮고 쓸쓸한 몸짓의 사람들뿐이다. 마침 쥬크 박스에서 흘러나오는 루이 암스트롱의 노래가 그나마 편안한 느낌을 준다.

밖은 우울한 잿빛 하늘. 정각 일곱시 이십분, 계산대가 철컹거리기 시작한다.

한 손에 사과를 든 그녀. 그리고 그 뒤, 언제나처럼 커피 크림을 든 그. 순서를 기다리는 줄 맨 앞에는 쇼핑 카트 한 가득 초콜릿을 실은 노인이 서 있다. 노인들은 보통 오후 늦게서야 장을 본다. 손자들이 온 모양이군, 크림을 들고 줄 맨 끝에서 기다리던 남자는 생각한다. 남자의 시선은 다시 그녀에게로 향한다. 사과 아가씨. 아, 고양이를 닮은 사과 아가씨······

사과 아가씨는 매일 아침 일곱시 이십분에 사과 한 알을 산다. 매일 아침 일곱시 이십분, 남자 역시 이곳에 온다. 커피 크림 한 통을 사기 위해. 사실 그는 커피 크림이 따로 필요없다. 그는 커피를 블랙으로 마신다. 사실 그는 늦잠을 자는 편이다. 하지만 그렇게 되면 그녀를 만날 수 없게 된다. 그녀, 사과 아가씨. 아, 고양이 같은 사과 아가씨. 어쩌면 그녀는 댄서일지도 모른다. 하지만 댄서들은 이렇게 이른 시간에 일하러 가지는 않는다.

매일 아침 일곱시 이십분, 남자는 커피 크림 한 통을 들고 계산대 앞에 줄을 선다. 사과 아가씨의 바로 뒤에. 꼭 커피 크림을 사는 건 안 먹고 오래 두어도 괜찮기 때문이다. 어쨌든 무언가는 사야 한다. 사과 아가씨를 보기 위해서는. 계산을 마치고 나온 거리, 잿빛 하늘에 안개비가 내리고 있다. 사과 아가씨가 마악 모퉁이를 돌아 사라지고 있다. 대학생일지도 모른다. 그것도 아주 열심히 공부하는. 그런 생각을 하면서 집으로 돌아온 남자는 다른 캔들 옆에 크림 통을 내려놓고 방으로 들어간다.

어림잡아도 수백 개는 넘을 듯싶다. 부엌에도, 욕실에도, 침실에도, 심지어 벽장 속에까지 온통 커피 크림이 쌓여 있다. 남자가 '유쾌한 토인나라'에 가서 캔에 든 크림을 사들인 지도 벌써 이 년이 넘었다. 일요일과 여름휴가 기간을 빼고 계산한다고 해도 크림 캔은 대략 육백 개 정도가 된다. 그렇다. 일요일엔 슈퍼마켓이 문을 닫았다. 그리고 여름휴가 기간에는 사과 아가씨가 보이질 않았다.

곧 여름이 온다. 그러면 여름휴가도 오겠지. 남자는 여름휴가가 정말 싫다. 일요일도 좋진 않지만 여름휴가는 정말 떠올리기조차 겁이 난다. 두 달 동안이나 사과 아가씨를 볼 수 없다니.

어떻게든 내 마음을 알려야 해. 내일이면 그 끔찍한 여름휴가가 시작되는데. 마음을 단단히 먹는 거야…… 남자는 중얼

거렸다.

아침 일곱시 이십분. 슈퍼마켓 '유쾌한 토인나라'. 화장지와 콘플레이크 상자들 너머로 마할리아 잭슨의 노래가 울려퍼진다. 밖에는 아침 햇살이 눈부시다. 남자는 쿵쾅거리는 가슴을 애써 진정시킨다. 커피 크림은 사지 않는다. 그 대신 오늘은 사과를 한 알 산다.

그녀는 남자 바로 앞에 서 있다. 고양이처럼. 아, 사과 아가씨. 그녀의 향기가 전해진다.

두근거리는 가슴을 억누를 수가 없다. 남자는 생각한다. 나도 사과를 살 권리는 있잖아. 누구나 사과는 먹을 수 있는 거지. 이건 정말 당연한 일이야. 내가 사과를 산 건 다른 사람들처럼 사과가 먹고 싶어서라고. 여긴 자유로운 나라이고 나는 자유로운 시민이잖아? 난 오늘 사과가 먹고 싶을 뿐이야. 또 이런 생각도 든다. 아, 안 되겠어. 난 지금까지 한 번도 사과를 산 적이 없는걸. 아무래도 난 너무 뻔뻔한가봐. 이건 너무 노골적이야. 아무래도 너무 뻔뻔해. 차라리 그녀가 눈치채지 못했으면……

사과 아가씨는 역시 눈치채지 못한다. 그녀는 길모퉁이를 돌아 그렇게 사라졌다. 그리고 이제 여름휴가가 시작된다.

좀 특별한 휴가였다. 아주 놀라운 일이 벌어졌다고나 할까. 남자는 이제 커피 크림을 사지 않는다. 아침에 부랴부랴 상점에 갈 필요도 없다. 늘어지게 자고 일어나서 글을 쓰거나, 자전거를 타고 호숫가로 나가 햇볕 아래 누워 일광욕을 즐기다가 수영을 하기도 한다. 그러다가 옆에 있던 한 여자를 알게 된다. 그녀는 풀밭에 누워 책을 읽고 있다. 세상에는 그녀말고도 어여쁜 딸들이 참 많구나. 때때로 모든 문제의 해답은 너무나 단순한 데 있다.

다시 낮이 짧아지고 연 날리기가 시작될 즈음, 그들은 연인이 된다. 남자와, 책을 읽던 그 여자. 휴가가 지나고 또 아주 많은 날들이 지나간다. 젖은 아스팔트 위로 네온등 간판이 깜박인다. '유쾌한 토인나라'.

남자는 이제 커피 크림 따위는 사러 가지 않는다. 그는 이제 더 큰 집을 구하러 다닌다. 남자와, 여자와, 뱃속의 아이가 살 집. 그리고 육백 개가 넘는 커피 크림을 보관하게 될 집.

새로 구한 집은 볕이 잘 드는 멋진 곳이다. 남자에게 새로운 인생이 펼쳐지려는 순간!

"전에는 학생들 몇 명이 함께 살았어요. 대학생들 말이에 요. 빈둥거리며 세금만 축내는 족속들이었지, 뭐. 급기야 집 주인이 쫓아내고 말았지만. 방 안을 한번 보시면 이유를 아실 거예요."

부동산 중개인은 묻지도 않은 말에 친절히 설명했다.

"자, 보세요, 한번. 집을 아예 창고처럼 썼더군요."

중개인이 문을 열었다.

방문을 열자 천장 높이까지 가득 쌓여 있는 유리병들. 수백 개는 족히 될 것 같았다.

남자를 돌아보며 다시 중개인이 말한다.

"정말 취미도 별나지 않습니까? 이런 거 보신 적 있어요? 여 기도 사과잼, 저기도 사과잼. 온통 사과잼뿐이라니까요."

# 푸카푸카 섬에서

그가 어쩌다 이렇게 되었는지 모르겠다. 미신이나 어처구니 없는 종말론, 혹은 돌연하고 맹목적인 사명감 같은 것이 사람을 이렇게 변하게 할 수도 있는 건지…… 어쨌든 그가 달라졌다. 그리고 여기에 이렇게 앉아 있다.

원래 그는 이런 사람이 아니었다. 오히려 사리가 분명하고 합리적인 인간이었다. 신비주의니 마술이니 하는 것들에 관심이 없었던 건 아니지만, 그저 심심할 때 괴담을 즐기는 정도에 불과했다. 게다가 그는 불편한 건 도무지 못 참는 성격이었다. 50평이나 되는 집에는 없는 게 없었다. 식기 세척기에 러닝 머신, 비디오, 슈퍼 컴퓨터까지, 문명의 이기란 이기는 모두 갖춰놓고 있었다. 그는 항상 입버릇처럼 말하곤 했다.

"아무리 오지라고 해도 적어도 양변기는 있어야지."

그런데 그런 그가 지금 이러고 앉아 있는 것이다.

그건 그러니까 1999년이 시작되고부터였다. 문제의 그 세기말이 된 것이다. 어느 날 그는 완전히, 정말로 완전히 돌아버렸다. 봄부터 벌써 그는 예전의 그가 아니었다. 노스트라다무스니, 파티마니 하는 종말론에 관한 온갖 책들에 빠져들더니 헤어나질 못했다. 책장사들이 세기말에 맞추어 그런 유의 책들을 펴내는 게 다 장삿속이라는 건 아는 사람은 다 아는 일이다. 그걸 모르는 바보가 있을까? 그런데 그는 좀 이상할 정도로 과잉반응을 보였다. 놀라서 눈이 휘둥그레졌다가 금방 하얗게 질리는 것이었다. 그는 만나는 사람마다 붙잡고 종말론에 대해 장광설을 풀어놓았다. 자기가 읽은 이야기들이 모두 사실이며 이번엔 틀림없이 커다란 재앙이 온 세상을 덮칠 거라고 주장했다. 그게 다가 아니었다. 1999년이 다 가기 전에 인류의 사분의 삼이 목숨을 잃게 될 것이며 이 사실들은 모든 예언에서 한결같이 일치하고 있는 부분이다, 또 별점에 따르면 재앙이 닥칠 정확한 날짜는 8월 11일이다 등등 세계 종말에 대한 그의 이야기는 그칠 줄을 몰랐다.

"난 안다니까. 내 몸으로 똑똑히 느끼고 있어. 주위를 한번 둘러보라구. 잘 살펴보라니까. 무슨 일들이 생기고 있는지. 두고 보라구. 종말이 온다는 걸 헛소리라고 생각하는 사람들은 큰코다칠 테니까."

그에게 붙잡힌 사람들은 하나같이 아, 잘못 걸렸군, 하는 표정이었다. 그를 완전히 미친 사람 취급했다.

그러던 그가 갑자기 자취를 감추었다. 5월 어느 날이었다. 차를 팔아치우고 어디론가 떠나버린 것이다. 그리 길지는 않았다. 영영 사라져버린 줄 알았던 그는 삼사 주 후에 다시 나타났다. 그런데 어쩐지 쾌활해 보이는 게 뭔가 달라진 기색이었다. 사람들은 그가 휴가를 다녀오더니 제정신이 돌아온 모양이라고 생각했다.

하지만 그건 대단한 착각이었다. 그의 활동은 이제부터가 시작이었다. 그는 가지고 있던 물건들을 남김없이 팔아치웠다. 가구며 겨울외투 같은 것은 말할 것도 없고 보험까지 해약했다. 그리고 나서 그는 모임을 소집했다. 장소는 단골 술집. 시간이 없다거나 별로 내키지 않는다는 사람들에게는 이렇게 말했다.

"잘 들어둬. 그날 안 나오기만 해봐. 다시는 내 얼굴 못 볼 줄 알라구! 이건 그냥 화가 나서 하는 소리가 아니야!"

그 말을 듣는 순간 덜컥 겁이 나는 건 당연한 일이었다.

결국 그가 부른 사람들은 전부 모였다. 친척들과 친구들, 부모님과 이혼한 전처, 그리고 아이들까지. 그날 저녁의 모임은 텔레비전에서도 볼 수 없는 기막힌 볼거리였다. 어느 순간 자리에서 일어나 그가 말을 시작했다.

"난 알아요."

그의 목소리는 떨리고 있었다.

"이제 곧 우리의 삶은 모두 끝장나고 말 겁니다. 난 똑똑히 느끼고 있어요. 그게 어떤 식으로 닥쳐올지는 나도 잘 몰라요. 하지만 종말이 온다는 건 분명합니다. 그건 분명한 사실이에요. 자, 그 동안 우리가 어떻게 살아왔나 한번 생각해봅시다. 피곤에 절어서 매일매일 마지못해 살지 않았습니까? 아무런 희망도 없이…… 마음 한구석은 점점 썩어가고 있어요. 날마다 무거운 발을 질질 끌며 일터로 나가고…… 무슨 기쁨이 있습니까? 서로가 서로를 멸시하고 적대시하고. 아니라고 말 못 할걸요? 대체 무얼 위해 아등바등 애쓰고 있는 겁니까? 갈 곳은 뻔한데. 한번 둘러보란 말입니다. 모두 절망 아닙니까? 아, 여기 있는 우리뿐 아니라 전 세계 사람들이 모두 그럴 거요. 무슨 목표가 있습니까? 죽을 힘을 다해 연명하는 게! 그게 우리에게 무슨 의미가 있지? 대체 살아야 하는 이유가 뭐란 말이야? 우린 모두 이 세상에 지친 꼴들이지. 뒤통수를 잡아채는데 누가 견딜 재간이 있겠냔 말이야. 저 멀리 발칸반도에선 멍청한 자들이 서로를 쳐죽이고 있지. 그렇다면 우리는? 뭐 우리는 좀 괜찮나? 흐리멍텅한 눈빛으로 무엇에 취해 살고 있지? 어차피 여기나 저기나 다 끝장나야 할 인생이긴 마찬가지라구! 하지만, 하지만 난 아니야! 난 빠지겠단 말씀이지.

죽으라는 대로 이대로 죽을 수는 없단 얘기야. 내 인생은 건져내야겠어. 우리 아이들 역시 구해내야지. 아이들은 엄마가 필요하고. 그러니 여러분도 모두 나와 함께 여길 떠나게 되는 거야. 왜냐구? 여러분 모두는 내 친구들이기 때문이지. 자, 잘 들어둬! 우린 모두 새로운 인생을 시작하는 거야!"

아무도 입을 열지 않았다. 침묵을 지킬밖에 무슨 도리가 있겠는가. 그의 연설은 어쩐지 구약성서를 연상시켰다. 좀 묘한 상황이기도 했다. 그의 모습은 과연 모세, 아니 노아 같기도 했다.

그는 이제 세상의 저 끝 어딘가에 있다는 어떤 섬에 대해 설명하고 있었다. 그의 명석한 통찰에 따르면 그 섬은 안전한 낙원이었다. 그곳까지 원자폭탄을 떨어뜨릴 멍청이는 이 세상에 없을 테니까 말이다. 섬의 이름은 푸카푸카. 지난 몇 주간 그가 다녀온 곳도 바로 그 섬이었다. 그는 아예 바다와 섬이 그려진 지도를 걸어놓고 설명했다. 해변에는 오두막 다섯 채가 그려져 있었다. 그가 자동차를 팔아치운 돈으로 무얼 했는지 궁금증이 풀리는 순간이었다. 푸카푸카 섬에 오두막 다섯 채를 짓는 데 그리 큰 비용이 들지는 않을 테니까.

긴 연설을 마친 그는 주머니에서 두꺼운 종이다발을 꺼내 흔들어댔다. 모두가 아연한 표정이었다. 이번엔 좀 문제가 달랐다. 그 두꺼운 종이다발은 바로 참석자 전원을 위한 비행기 티켓이었던 것이다. 칠월 중순, 빈발 웰링턴 행, 물론 돌아오는 티켓은 없었다. 서른 장은 됨직한 그 비행기표를 구입하는 데 얼마나 많은 비용이 들었을지는 누구나 예상할 수 있었다.

그렇게 많은 돈을 들이다니. 아무도 상상하지 못한 점이었다. 그의 말대로라면, 뉴질랜드에 우리를 위해 예약된 배가 한 척 기다리고 있을 것이다. 우리는 그 배를 타고 푸카푸카 섬으로 가기만 하면 되는 것이다.

　결론부터 말하자면, 그의 푸카푸카 계획은 수포로 돌아갔다. 어떤 부부는 돌아올 비행기 티켓을 끊을 경제적 여유가 없었고, 또다른 부부는 휴가를 낼 수가 없었다. 적금을 깰 수 없다는 이들도 있었다. 무엇보다 참석한 사람들은 또 저마다 친척과 친구들이 있었다. 그들을 놔두고 자기들만 푸카푸카로 갈 수는 없는 일이었다. 그들은 그의 연설을 다른 사람들에게 그대로 옮길 자신이 없었다. 그도 그럴 것이 그들은 그만큼 미치지는 않았으니까. 그의 아이도 아빠를 따라 푸카푸카로 갈 수는 없었다. 그는 다소 상처를 받은 듯했다. 하지만 전남편과 함께 세상 끝의 푸카푸카로 갈 여자가 어디 있겠는가? 그것도 돌아올 비행기표도 없이…… 아이를 저 정신나간 인간에게 맡기고 학교도 없는 오지로 보낼 엄마가 어디 있겠는가?
　"방학 때 아빠를 보러 가면 될 거야. 내년쯤……"

전처는 아이를 달랬다.

결국 그는 혼자 떠날 수밖에 없었다. 떠나고 싶지 않다고 해도 다른 수가 없었다. 그는 이제 빈털터리였다. 집도, 차도 사라졌고 돈도 한푼 없었다. 하지만 푸카푸카, 그곳엔 오두막 다섯 채가 그를 기다리고 있었다. 그는 떠났다.

그리고 그는 지금 여기에 이렇게 앉아 있다. 아마도 다른 사람이라면 일 년 후에는, 그러니까 2000년도가 지난 뒤에는 생각을 고쳐먹고 고이 되돌아왔을 것이다. 하지만 그는 여전히 이렇게 앉아 있다.

그에게는 이제 가정용 운동기계도, 생명보험도, 식기 세척기도, 컴퓨터도, 우체부도, 토크쇼도, 핸드폰도, 인터넷도, 가스요금 고지서도, 세금 상담원도, 교통 신호등도, 의사파업도, 의료보험증도, 아파트 재건축도, 세금의무도, 신년 음악회도, 해열제도, 인기 절정의 쇼프로 〈토요일 밤〉도, 아무것도 없다. 그는 그냥 이렇게 앉아 있다.

그는 여기에 이렇게 앉아 있다. 푸카푸카 섬의 해변가에. 가진 거라곤 아무것도 없었다. 있다면 오직 너른 바다와 수많은 모래알, 그리고 밤하늘의 별들뿐……

옮긴이 **조원규**

1963년 서울에서 태어나 서강대학교 독문과와 동대학원을 졸업했다.
1990년부터 1997년까지 독일에서 독문학과 철학을 전공했다.
1985년 『문학사상』 시 부문 신인상으로 등단했고, 현재 대학 강사와 번역가로
활동하고 있다. 시집 『이상한 바다』 『기둥만의 다리 위에서』 『그리고 또 무엇을
할까』와 역서 『호수와 바다 이야기』 『노박 씨 이야기』 『양 한 마리 양 두 마리』
등이 있다.

문학동네 세계문학
불행한 사내에게 찾아온 행운

| 1판 1쇄 | 2002년 1월 27일 |
| 1판 6쇄 | 2008년 7월 7일 |

| 지 은 이 | 슈테판 슬루페츠키 |
| 옮 긴 이 | 조원규 |
| 펴 낸 이 | 강병선 |
| 편 집 장 | 정홍수 |
| 책임편집 | 김현정 조연주 장한맘 손미선 |
| 디 자 인 | 오진경 박애영 |
| 펴 낸 곳 | (주)문학동네 |
| 출판등록 | 1993년 10월 22일 제406-2003-000045호 |

| 주    소 | 413-756 경기도 파주시 교하읍 문발리 파주출판도시 513-8 |
| 전자우편 | editor@munhak.com |
| 전화번호 | 031) 955-8888 |
| 팩    스 | 031) 955-8855 |

ISBN  89-8281-433-7  04850
      89-8281-411-6(세트)

**www.munhak.com**

# 노박 씨 이야기
슈테판 슬루페츠키 지음 · 조원규 옮김

1998년 독일 부흐쿤스트 재단이 선정한 가장 아름다운 책. 사랑에 빠진 이들, 사랑을 잃고 아파하는 이들, 그리고 사랑을 찾아 방황하는 모든 이들의 가슴속으로 흠뻑 스며든다. 나이와 세대를 초월하여 마음을 뒤흔드는 마법 같은 책.

이 재간꾼의 이야기는 행복과 사랑, 눈에 보이지는 않지만 분명히 존재하는, 그 비밀의 두 문으로 인도하는 상큼한 열쇠다. 슬루페츠키가 보여주는 경쾌한 상상력과 재치 있는 유머는 나이를 묻지 않는다. **조선일보**

# 양 한 마리 양 두 마리
슈테판 슬루페츠키 지음 · 조원규 옮김

독특한 상상력과 반짝이는 유머, 절묘한 이야기만큼이나 매력적인 삽화를 선보인 슬루페츠키의 두번째 사랑 이야기. 빛을 사랑하는 두더지, 마법에 걸린 개구리 왕자 프로도…… 일곱 가지 특별한 사랑 이야기 속에 녹아 있는 유쾌하면서도 가슴 훈훈한 감동. 과연 사랑 안에선 불가능한 것이 없을까?

# 연금술사
파울로 코엘료 지음 · 최정수 옮김

'내 안의 神'을 찾아가는 영혼의 연금술
전 세계 2천만 독자들이 읽은 전설적인 베스트셀러

세계적인 베스트셀러 작가 파울로 코엘료의 대표작.
다감한 매력과 극적이고 심리적인 긴장감, 환한 지혜로 가득 차 있다.
생텍쥐페리의 『어린 왕자』 칼릴 지브란의 『예언자』
그리고 성경의 감동적인 우화를 떠올리게 만드는 책.